Tous les titres de la collection « Le Goût des mots » et le catalogue complet de nos collections sont sur Le Cercle Points, ainsi que des interviews de vos auteurs préférés, des jeux-concours, des conseils de lecture, des extraits en avant-première…

www.lecerclepoints.com

Philippe Delerm

LES MOTS QUE J'AIME

INÉDIT

Points

ISBN 978-2-7578-2530-3

LE GOÛT DES MOTS

UNE COLLECTION DIRIGÉE PAR PHILIPPE DELERM

Les mots nous intimident. Ils sont là, mais semblent dépasser nos pensées, nos émotions, nos sensations. Souvent, nous disons : « Je ne trouve pas les mots. » Pourtant, les mots ne seraient rien sans nous. Ils sont déçus de rencontrer notre respect, quand ils voudraient notre amitié. Pour les apprivoiser, il faut les soupeser, les regarder, apprendre leurs histoires, et puis jouer avec eux, sourire avec eux. Les approcher pour mieux les savourer, les saluer, et toujours un peu en retrait se dire je l'ai sur le bout de la langue – le goût du mot qui ne me manque déjà plus.

Ph. D.

Grésil

La matière est piquante, comme la sonorité, un peu rêche en son début, puis d'une liquidité astringente. C'est un hiver qui cingle tard. Charles d'Orléans écrivait :

« Il n'est si joli mois d'avril
Qui n'ait son manteau de grésil. »

Sur les joues, sur les lèvres, une petite gifle passagère, délicieusement vive et frissonnante. Sur le décor un saupoudrage fugace qui s'efface avant d'avoir pris consistance. C'est du froid, et pourtant le verbe grésiller évoque des cuissons mitonnées, un dedans désirable. C'est du faux gel. On dit pour les dernières fois « On est mieux chez soi » en refermant la porte. Un plaisir inavoué, une crainte simulée, rafraîchissante, et prometteuse de beaux jours. Grésil. Le ciel se fâche en souriant.

Cambrioler

Certes, les conséquences sont des plus amères, quand on est la victime. Mais il n'empêche. Cambrioler est un mot pirouette, si leste et enlevé.

On pense davantage à Arsène Lupin qu'à une brute épaisse. On entend l'aboiement d'un chien, la lune luit, une silhouette mince se rétablit en haut d'un mur, tout en souplesse. Il y a la prise de risque, et puis… Le cambrioleur est du bon côté, du côté du désir, de l'audace, contre l'assouvissement craintif, la possession mesquine. Troublant l'ennuyeuse nuit des beaux quartiers, il fait passer un souffle de vie. Dans *Le Voleur* de Louis Malle, le personnage éponyme joué par Belmondo disait : « Je fais un sale métier, mais j'ai une excuse : je le fais salement. » C'est vrai pour le voleur, peut-être. Mais si cambrioler n'est pas un beau métier, il peut être fait si joliment, à pas d'acrobate léger, dans le presque silence.

Pavane

Seulement lancer ces deux syllabes dans l'espace, et savoir aussitôt qu'il s'agit d'une danse lente et noble. Tout de suite le velours, le brocart, l'ourlet de la robe doré, les regards satisfaits, ces deux mains suspendues qui se joignent à peine. Pavane. Moins une danse qu'un long salut de charme consenti. Le port de tête altier, la gorge un peu montrée, tout le reste du corps dans un balancement feutré sous les plis de l'étoffe.

Les couples lentement se sont formés, dans l'accord assourdi du luth, le chant profond de la viole de gambe, et le cromorne même se fait moins nasillard, saisi par la fluidité du manège. De loin en loin quelques sourires distillés, des inflexions de nuque approbatrices. Ceux qui ne dansent pas regardent, fascinés, rêveurs, un peu mélancoliques. Quand on n'est plus de la pavane on garde au fond de soi tout cet assentiment du corps, tout cet acquiescement flottant à la douceur d'être choisie, à la cérémonie de se complaire.

Grimoire

Un manuscrit mystérieux, à la couverture de cuir fauve, aux pages épaisses, crémeuses, un peu déchiquetées. Des enluminures rouge et or passé, une encre noire à peine délavée, des caractères gothiques, lettres effilées, dentelées, des mots comme des chimères en gargouille au fronton d'une cathédrale. Et puis des recettes de sorcière avec des herbes vénéneuses, des secrets d'alchimiste, des codes indéchiffrables, des clés pour pénétrer un monde dangereux, vertigineux.

Un joli mot à deux entrées, moitié gribouillis, moitié mémoire, qui coule dans la bouche avant de fuir en entonnoir, mais la part légère a pris le dessus. On le trouve dans les contes si on va l'y chercher, mais de façon plus racoleuse il s'est lié à un imaginaire médiéval un peu dérisoire, des dessins animés, des jeux de rôles, des romans de fantasy stéréotypés aux couvertures kitsch. D'ailleurs, il s'est attaché une épithète homérique. On ne dit plus qu'un *vieux grimoire*, comme si les révélations suscitées n'étaient qu'une phase obligatoire dans un récit supposé haletant, mais tellement prévisible. À jeter ces syllabes dans l'espace, il reste cependant un plaisir évident. C'est un bon compagnon dans le confort des peurs apprivoisées.

Crépuscule

Il sonne dix-neuvième, baudelairien, ou même hérédiesque, chargé d'or et de reposoirs mystérieux, précieux et solennel. Il est censé pouvoir évoquer le début comme la fin du jour, mais il n'y a pas de hasard : tout en lui l'entraînait vers la délectation morbide, la plongée dans le noir. Il marque toutefois un alentissement grandiose, et même la pompe d'un arrêt. « Être entre chien et loup » définit l'hésitation dans la furtivité. « Crépuscule » est infiniment plus tragique, sans renoncer aux rayons fléchissants d'une dernière volupté.

Avant de sombrer tout au fond de l'horizon, l'astre solaire propose une gloire oblique digne des *Dix Commandements*. Il faut pour entrer dans la scène le physique de l'emploi ; celui de Charlton Heston convenait à merveille.

On peut quitter le jour, abandonner la vie tristement, discrètement, sans tambours ni trompettes. Mais être à son crépuscule implique un face-à-face hiératique dans l'emphase. Un grand barbu hollywoodien regarde son destin. Ou un Victor Hugo. Un dieu toise l'idée de Dieu. Oui, oui, le crépuscule est un peu ridicule.

Fosbury

Le patronyme est devenu un nom commun. Dick Fosbury, grand échassier américain, initiateur d'une façon de sauter qui parut folle au milieu des années soixante. Sur le dos. Dick conquit ainsi la médaille d'or olympique, 2,24 m aux Jeux de Mexico. Rien ne l'interdisait. Avant, l'athlète enrobait la barre dans un rouleau ventral qui l'épousait, avec d'infinies précautions. En fosbury – déjà on en parlait ainsi – c'était tout autre chose, un vol plané interminable. Le sauteur quittait le monde contingent pour fuser tellement longtemps au-dessus du matelas de réception. Bientôt, tout le monde sauta en fosbury. Les femmes surtout. Dick Fosbury a inventé un nouveau type d'élégance féminine.

Car c'est ainsi. Cette façon de se donner un élan très rapide, puis de se laisser embarquer dans l'espace, est comme un long paraphe métaphorique de la féminité. Des oiseaux blonds souvent, des Ukrainiennes, des Suédoises, parfois une brune Italienne. De longs corps si minces, d'une vigueur et d'une flexibilité mêlées à la préciosité d'un verre filé qui pourrait se briser. Question de sport ? Question de style. Fosbury. Trois syllabes de drapé gracile. Le nom du couturier s'est effacé.

Muscat

Le début appelle un parfum fort, une présence entêtante. Mais la fin lui donne un balancement paisible dans la gorge, une sérénité mate, un éclat retenu. C'est une couleur, dans l'un des plus musicaux vers d'Aragon :

« L'enfant guatémaltèque
avec ses yeux muscat »

J'aime l'idée de ces yeux muscat, d'un brun si sombre qu'il semble glisser vers un rouge profond, couleur de terre humide, de chaleur tropicale. Couleur aussi de ce raisin comme embué de la fraîcheur qu'il va donner, couleur de soleil cuit.

Bien sûr, le vin qui vient de là peut s'éclaircir de nuances ambrées, muscat de Rivesaltes, muscat d'Alsace… Mais toujours une promesse de sucré, un éclat modeste. « Je prendrais bien un petit muscat. » Le muscat du dimanche, qui fait chanter les vieux de Brel avant qu'ils ne soient trop vieux. Quand la vie coule encore d'un sang de raisin chaud. La vie muscat.

Mollusque

Il commence par l'essentiel. Le mou visqueux, glaireux, de l'huître ou de la praire, voire, dans les cas de meilleure tenue, le mou caoutchouteux de la moule, du bigorneau. Ce n'est pas mal de débuter ainsi par le caché. Car le mollusque est un piège. Son invertébration, qu'elle soit laiteuse ou presque transparente, se révèle par contraste avec une apparence des plus rêches, d'une minéralité revêche, doublée d'une crispation dissuasive dans la fermeture. L'aspérité de la dernière syllabe traduit tout cela qui s'annonce d'emblée sous la main, sous le pied, dans l'équivoque des eaux troubles. Un mot bivalve subtil à rebours, qui se joue sans effort du défi des antagonismes.

Florentin

Il y a des dagues assassines et des bagues à poison, des escaliers dérobés, des tentures lourdes. L'idée de fleur pourtant, et ce raffinement sous la menace. Et puis le baiser florentin, une volupté affûtée, sur le fil du rasoir, ces petits coups de langue sur les lèvres. Le plaisir florentin joue encore dans l'aigu. Il a le goût pervers d'un défi relevé. L'amour est un péché piquant, dans les palais du crime.

Mélancolie

Bile, humeur noire. Le mot était trop beau pour persister dans la rectitude de ses origines étymologiques. Mélancolie : ce royal balancement rythmique, cette ampleur si vocalique, si raffinée dans l'effacement des consonnes ne pouvaient se lover dans la couleur d'une lugubre maladie.

Les poètes lui ont donné les charmes d'un état d'âme presque complaisant, grisé de sa musique narcissique. Les romantiques, avec des effusions suaves et des chemins d'automne. Et puis Apollinaire l'a chanté dans la tonalité si douce où nous l'avons gardé, de l'anémone à l'ancolie.

Un mot pour être soi très fort, en solitude et en attente, en long repli. Pour préserver l'adolescence.

Topinambour

Longtemps, ce fut un brevet d'austérité pour des personnes ayant connu la guerre de 40 : « On mangeait des topinambours et des rutabagas, on n'avait pas le choix ! » Les béotiens du baby-boom nous sentions obligés de hocher la tête en signe de compassion. Mais pas de chance pour les forçats des restrictions alimentaires, le topinambour est revenu peu à peu dans les épiceries, et même les hypermarchés. Et là, force nous fut de constater la duplicité de nos glorieux aînés. Le topinambour n'avait pas grand-chose à voir avec les camps de concentration, le génocide, l'exode, les bombardements : c'était délicieux. De préférence à doses resteintes, certes, et plutôt mêlé à la purée de pomme de terre, mais savoureux, avec un petit goût d'artichaut des plus raffinés, malgré une apparence terreuse et boursouflée. Pour le rutabaga, d'accord, ce n'était pas le nirvana. Rien d'un supplice toutefois.

Topinambour. Des sonorités comiques, qui conviennent à merveille à l'accent parigot. Un nom de ville allemande vient rappeler la connotation majeure, celle du demi-mensonge de nos parents, de nos aïeux. Mais la déclinaison sur quatre syllabes est résolument franchouillarde, avec ce qu'il faut de coups de clairon vocaliques pour évoquer la moelle profonde de nos campagnes un temps bafouées. Finalement, le topinambour, c'était moins dangereux que la Résistance.

Chagrin

Il noue la gorge et reste bloqué là. Comme un rideau de pluie qui ne mouille pas les autres, et tombe infiniment dans le gris, dans le grain d'aujourd'hui. Comme un étouffement. Cette brûlure intérieure, toute la place que l'autre avait su tenir. Cette enclume de trois tonnes sur le cœur, l'envers des jours les plus légers. Elle ne s'allège pas, tant mieux, c'est qu'on aimait vraiment. Chagrin. Ça commence si doux, et puis ça se resserre, et ça ne passe pas. On entend les phrases toutes faites, et certains disent que les mots sont dérisoires, mais ils le disent avec des mots. Ils ne prononcent pas celui-ci : chagrin. C'est le seul mot pour être seul sans être seul. La mémoire a vaincu l'oubli. Lourde victoire, que l'on n'a pas choisie. Mais on est fier de lui donner sa douloureuse place.

Rococo

Dans les susceptibilités froissées par les rapports de forces, la question du goût est épineuse. Le mauvais goût est bien sûr celui des autres, du moins essaie-t-on de s'en convaincre. Quel bonheur de trouver alors sur sa route le concept et la sonorité de *rococo* ! Rococo : pas de débat larvé possible, on est sûr de son fait. Goguenard, on prononce les trois syllabes clownesques, avec un sourire entendu. Comment un style a-t-il pu accepter de se voir nommer ainsi ? C'était couru d'avance. Quoique… il s'agit d'un bâtard, c'est vrai, et cette contraction comique a englobé le *baroque* italien et le *rocaille* français. Ce presque cri de coq résulte donc d'une étymologie des plus rationnelles. Il y a eu des gens pour aimer ça ! La preuve dans les églises et les palais, où l'on ne devait guère décorer par dérision. Comme quoi le XVIIIe siècle, politiquement correct par excellence dans nos débats de forme, de fond, et surtout d'art de vivre, avait aussi ses faiblesses.

On dira le plus souvent « C'est du pur rococo ! » avec le bonheur de stigmatiser la surcharge, ce qui n'est pas prendre un grand risque par les temps qui courent… En attendant qu'un jour le béton ne devienne à son tour le comble de la présomption, la marque sous-chargée de notre ridicule.

Dimanche

Il préserve sa fraîcheur, en dépit de l'évolution des rites. Il n'est plus essentiellement chemise blanche, odeur de poulet rôti ou sortie de messe – peut-être davantage chahut tendre des enfants dans le lit des parents, marché ou bicyclette, heure du déjeuner infiniment retardée. Mais il garde sa petite heure avec le soir, bien après la promenade obligatoire. Une mélancolie qui vient de loin, légère.

Dans le dimanche soir, il y a tous les dimanches de la vie enfermés, suspendus dans une bulle solitaire. Pourquoi ?

On ne souhaite pas le savoir, mais le dimanche soir on est tout à la fois, enfant, adolescent, et puis chargé de tout le temps qui a passé depuis. Un creux qui fait du bien, une tristesse douce.

Di : la syllabe qui dit que le jour est un jour a renversé le cours. Lun*di*, mar*di* : à chaque journée son programme assigné, comme une fermeture. Et puis *di*manche. Cela commence comme un jour, mais ça s'échappe par magie dans un effet de manche. On va peut-être n'en rien faire, et cependant s'y retrouver. Il y a la chance d'une liberté. On va quitter sa vie, un peu, et pour finir se rassembler, se ressembler.

Carambar

Il a tout de l'enfance, si proche de l'injure préférée du général Alcazar, personnage insaisissable et récurrent des albums de Tintin : caramba ! Mais le *r* final lui donne une lourdeur métaphorique du produit proposé depuis des décennies à la gourmandise des petits – et des grands, quelquefois.

Carambar. Une barre de caramel dur, dont la minceur ne doit pas faire illusion. Dès l'attaque de l'incisive, le Carambar se révèle étonnamment rebelle. À défaut de pouvoir le couper en deux, on l'engloutit en le pliant, sans rapprocher vraiment les parties opposées. Dès lors, il tient beaucoup de place, et répand dans le palais une saveur des plus désirables, mais trop. Un déferlement de salive vient en bouche : excès de volume, ou bien d'intensité ? Réduit au silence, décollant déjà du bout de la langue un fragment de caramel collé au palais, on est dans une morale : pour connaître le plaisir, il faut éprouver de la gêne.

Le goût n'est pas si différent de celui d'un petit caramel bourgeois, carré, sous cellophane. Mais rien à voir. C'est un Carambar, une entité familière. Les trois syllabes contiennent aussi le jaune un peu acide de l'emballage, les lettres d'un rose-rouge fête foraine, et la même couleur pour les petites jupes en tortillon des deux extrémités, veinées de blanc.

Et puis au verso, il y a désormais une blague, une blague à deux balles ou une devinette du même tarif, que l'on propose avec ironie à la sagacité de l'entourage, la bouche encore un peu trop pleine, la diction entravée.

Qu'il est collant et doux, le rituel du Carambar !

Neige

C'est beau, ce mot qui commence comme une négation. Oui, la neige est la négation douce du réel. Elle s'accroche tout d'abord en pellicule infime, irrégulière, soulignant les plans, les contours, les angles et les toits, hésitant à tenir au sol, mille fois bue par l'herbe ou le bitume avant de commencer à s'imposer. L'obstination progresse lentement dans le silence, et puis le monde accepte tout à coup de s'inverser, de se laisser aller à la sécurité feutrée de cette épaule.

C'est grave, ce qui se passe ici. Profond comme ce « è » tellement nordique de s'orthographier « ei », de nous emmener en Russie ou en Norvège, avec des steppes immenses à découvert, ou bien des écharpes et des skis. La neige est tout, la joie, l'espace, le recueillement. Elle se prolonge au bord des lèvres dans la saveur à jamais suspendue d'une demi-consonne. Le « ge » nous interroge et nous protège. On peut préférer le « ow » de snow, l'enfoncement ouaté, anglais d'un paysage à la Dickens où Londres s'évanouit.

Mais « neige » est beau, aussi. Et puis on ne dit pas « la neige », mais « il neige ». Un pouvoir fort impose son message, son secret. Comme les toits, les rues, les champs, on se laisse border dans un grand lit d'oubli. Plus rien ne sert à rien que regarder, se taire. Il neige..

Gourgandine

Il est drôle, celui-ci, d'un comique qui fonctionne d'emblée au second degré. On ne peut l'imaginer que s'échappant des lèvres pincées d'une vieille fille acariâtre et réprobatrice. La cible visée est une femme recueillant les hommages des mâles, par des voies malhonnêtes, avec un désir de pouvoir ou de finances. « Prostituée » ne serait qu'un constat quasi professionnel, aux sonorités peu évocatrices. Gourgandine est tellement plus méchant ! Une gourde qui se dandine, fait jouer ses avantages dans une impudeur lascive. La gourgandine ne saurait être maigre. Riche de croupe, de poitrine, ou seulement de technique consommée pour les mettre en valeur, sa mise en scène reste primaire, presque bestiale.

Mais quoi ? La proie à conquérir est d'une bêtise si profonde, d'une puérilité si niaise dans l'appétit sexuel ! Car ne nous y trompons pas. C'est bien le premier sexe qui est visé par ce mot ridicule. Il leur suffit de *ça*, et les voilà tout assoiffés, la langue pendante comme le loup de Tex Avery, victimes émerveillées d'une promesse de débauche à quatre sous – et peut-être un peu plus. Ah ! les hommes ne sont pas grand-chose, allez ! Leur pensée, leur pouvoir, leurs convictions profondes, leur éthique, fétus que tout cela. Pour mettre à bas tout l'édifice, il suffit d'une gourgandine !

Vacances

Ne pas trop le remplir. C'est le risque. Au début de l'histoire, il n'est que du creux. La place est vacante. La vacance du poste est confirmée.

Les jeunes aristocrates qui traversent l'Europe au dix-neuvième ne sont pas en vacances. Ils prolongent un séjour, un singulier apprentissage – ils ne font jamais rien. Puis le Front populaire vient rappeler que le travail est un supplice – le *tripalium* latin – et que les hommes ont droit à un nouveau concept : les vacances. Ils partent alors avec frénésie, quittent leurs usines et leurs vies, pour les bords de mer, souvent. C'est du moins l'image que les actualités, les films de l'époque ont voulu nous donner.

Combien de Français partaient réellement en vacances, si ce n'est pour retourner au pays ? D'autres restaient chez eux et bricolaient – j'ai refait mon garage. Dans les années 2000 encore, j'avais cessé d'interroger mes élèves sur leur destination de vacances. La plupart, un peu gênés, évoquaient quelques jours chez un oncle, une marraine. Dès le début d'août, les premières chaleurs normandes enfin venues, ils éprouvaient dans leurs petits villages solitaires la mélancolie du mot *vacances* et se laissaient gagner par l'envie de la rentrée.

Ils s'ennuyaient. C'est bien, de s'ennuyer, de donner de la longueur au temps. Ce ne serait pas le début de l'adolescence, s'il n'y avait le sentiment d'attendre. Vacances. Le « v » de vide, et la lenteur de l'espérance. Christian Bobin écrit : « Ceux qui ne lisent pas manquent du manque. » C'est vrai de la lecture, mais des vacances aussi. Ceux dont le temps est compressé, rempli de mille activités trop programmées ont perdu le meilleur de sa cadence. En vacances surtout, il faut rêver du manque.

Cauchemar

Il est vraiment à la hauteur, à la cadence sourde du malaise engendré. Son chuintement est le passage initiatique vers une chute irrémédiable au profond d'une nuit sans issue, un océan où l'on tremble de partout se reconnaître. On y voit flotter au plus obscur les craintes familières dans une exaspération cruelle entre l'absurde et le possible.

Mais le pire est peut-être la dernière syllabe, cette stagnation mate où rien ne passe, aucun espoir. Plus de mouvement, mais une mare de silence où toutes les noyades sont entérinées. La fièvre monte et rien ne bouge.

Et puis… Comme un appel lointain monte soudain l'idée d'un paroxysme, une petite mort comme une échappatoire. Il faudra bien passer par là pour remonter à la surface. Quand ?

Camerlingue

Si pontifiant. Toutes les hiérarchies sont ridicules, mais celle de l'Église a quelque chose de plus, avec ses improbables panoplies – à quoi bon faire la roue, quand on renonce au sexe ? C'est le sommet de la misogynie, cette façon de se prendre au sérieux, avec un abord confit de retenue doucereuse. Ils sont studieux, ces cardinaux, si pénétrés, pleins d'une extrême onction. La bouche en cul de poule, faussement pardonneuse.

Mais la seconde partie du mot vient joyeusement tout bousculer. On a beau vouloir se concentrer sur une étymologie raisonnée, *camer* pour *chambre* ; dans *lingue* on entend *dingue*, et c'est bien fait. Ces messieurs trop sages cachent mal leur orgueil de petits garçons gâtés. Dans la coquetterie de tous leurs falbalas extravagants.

Aquarelle

Bien sûr, on entend aussi « à quoi rêvent », *À quoi rêvent les jeunes filles ?* Comme si cette technique picturale était liée à une condition féminine révolue, de jeunes bourgeoises dans un salon de silence et d'ennui, vouées aux travaux d'aiguille, aux rêves secrets, à l'aquarelle…

Peindre modestement des marines incertaines, des paysages flous, sans le génie viril maniant les matières consistantes, la gouache et l'huile surtout, l'atelier débordant de désordre ostentatoire, un modèle nu posant sans chichis.

Aquarelle. Tous les clichés tenaces résumés dans ce mot ailé, d'une liquidité trop évidente pour ne pas receler un possible secret. Car il y Folon, provocateur quand il disait si doucement, si lentement : « L'aquarelle, c'est un peu de couleur et beaucoup d'eau. » Oui, l'eau, pour refléter la lumière intérieure. Les aquarelles de Folon : derrière leur aménité de ton, une critique du temps si profonde. Cet apprivoisement d'une mort douce dans des champs de solitude.

L'aquarelle de Folon, l'aquarelle de la femme que j'aime : toutes les souffrances, tous les rêves de l'enfance, et son intensité perdue. Avec une boîte noire minuscule, un verre d'eau, un pinceau fin. Sans déranger personne. Au risque de la transparence.

Coulis

Le *i* de coulis n'a rien de strident, assourdi par la consonne liquide qui le précède, et tout autant par le *s* muet qui le suit, pour lui donner une secrète majesté. Mais c'est la douceur de la première syllabe qui emporte l'adhésion. Cornent résister au coulis ? Dès qu'il commence à se répandre, il a pouvoir de métamorphoser. L'atone gâteau blanc au fromage prend tout à coup une onctuosité paradisiaque, des déferlements inégaux qui le nappent de sensualité prodigue. Dans la bouche, dans la gorge surtout, il devient pur velours de fruits rouges, s'écoulant avec une lenteur souveraine, suscitant à la fois la sensation de satiété et celle de regret. Car le coulis est une idée, si prometteuse et parfaite que sa matérialisation en fait un délice en abyme. C'est incroyable : le coulis est un coulis.

Colporteur

Passéiste, car il a perdu au fil des ans toutes ses connotations vivantes pour devenir assez vile abstraction : un colporteur n'est rien qu'un diffuseur de ragots. Encore ne l'emploie-t-on plus guère.

Mais on le trouve dans des livres, sur des images d'autrefois. Le colporteur. On voit une silhouette aventurière chapeautée contre le soleil et la pluie, assez énergique pour marcher de village en village avec son barda sur le dos. Il se rafraîchit près de la fontaine en arrivant, puis l'on fait cercle autour de lui, pendant qu'il déploie ses trésors : du linge de maison, du calicot et des rubans, des épingles à cheveux, des broches, des colliers ; pour les enfants des toupies, des sifflets ; des jeux de cartes pour les hommes, et quelquefois du tabac à priser.

Il est comme une fête à lui tout seul, un petit vent d'ailleurs, un chatoiement fugace. À l'auberge, il donne des nouvelles des vallées voisines. Il attire, mais on se méfie. Le lendemain, il se doit de repartir sans laisser de traces. On le plaint, on l'envie. Il passe par les cols, sa charge sur le dos. Sa vie ne s'endort pas, il ne se retourne pas. À mi-chemin du vagabond et du marchand. Romantique et prosaïque, moins libre qu'il ne semble, mais plus libre que nous. À mi-chemin, toujours.

Petit-beurre

Ce n'est après tout qu'un gâteau sec, d'abord un peu cartonneux sous l'incisive. Mais petit-beurre dit tellement l'abondance moelleuse que la confusion s'installe. D'ailleurs on ne l'aborde pas pour ce qu'il est, mais comme un jeu, en commençant par le déchiquetage soigneux des quatre coins. Il a fallu auparavant l'extirper laborieusement d'un parallélépipède rectangle compact assez peu coopérant, qui exprime ainsi son mépris pour des rivaux démagogiques plus récents, offerts dans des cartons commodes et ventilés sentant déjà l'arnaque.

Car le petit-beurre est d'abord un mot, et une idée, il reste étonnamment niché dans une époque où beurre n'évoquait en rien le déferlement hostile du cholestérol, et connotait seulement onctuosité, douceur, satiété, pâturage. Mais que serait beurre sans petit ? L'épithète dit toute la malignité furtive de ce gâteau sans prétention, qu'on peut déguster en cachette, à l'heure du goûter de préférence. Il s'adresse aux petits, et au petit qui est resté en nous, quand on ne goûte plus depuis longtemps, mais que l'on peut glisser la main dans un paquet de petits-beurre.

Hypocondriaque

Rebutant de scientisme boursouflé, chaotique dans ses sonorités criardes, *hypocondriaque* est cependant délicieux. Car c'est le mot pour ceux qui ont peur de la mort. Des hommes, le plus souvent, éternels malades imaginaires, dont Woody Allen reste l'incarnation la plus drôle et la plus séduisante. Avec lui, l'hypocondrie devient synonyme de modernisme. Le héros des films n'est plus un John Wayne rassurant et confortable, mais ce petit bout d'intello binoclard, l'humour juif new-yorkais pour seule arme, et une angoisse tellement égoïste, infantile, qu'elle en devient comique et belle.

C'est de l'humanité toute pure, cette obsession de soi nerveuse et volubile qui est en même temps une formidable déclaration d'amour à la vie. Elle donne au couple un équilibre différent. Woody Allen a fait quelques très bons films, et beaucoup moins depuis longtemps. Mais l'être dans le monde de son personnage est fort de toute sa faiblesse. On peut rêver grâce à lui que les femmes se mettent à nous aimer pour notre humour en apparence, et tout au fond pour notre hypocondrie. Qu'elles nous trouvent sensibles et nous consolent. Merci Woody.

Vin

Quelle belle énergie dans cette syllabe unique ! La demi-consonne initiale peut prendre d'autres accents, plus retenus, presque languides, quand on dit *velouté*, *vanité*, ou *volupté*. Mais le *v* de vin se rapproche davantage de celui de *vaincre*, ou de *volonté*. Il est dynamisé par la nasalisation un peu acide qui le suit, et davantage encore par la brièveté de cet élan. La bouche ne s'ouvre pas vraiment, et moins encore la gorge. Comme si on prenait à l'avance la mesure d'une révélation possible, à déguster dans la retenue et l'attention.

La rapidité du mot *vin* est inversement proportionnelle à la longueur des sensations que l'on espère. Il y aura peut-être un claquement de langue discret, assorti d'un « pas mauvais, ce p'tit beaujolais ! » gommant la déception d'un échange bien court. Mais ce sera parfois bien plus subtil, avec un épanouissement d'arôme tardif, quand on n'espérait plus. La surrection d'un terroir, l'ampleur des soins, les rites d'un savoir, tout cela promis par contraste dans la dynamique à l'emporte-pièce d'un mot en coup de vent. Vin !

Perfide

Une restriction aux commissures des lèvres souligne la perfection physique de cet adjectif si conforme à sa signification. Parfois utilisé en épithète homérique, pour évoquer l'ennemi héréditaire, la perfide Albion. Plus souvent pour qualifier la cruauté d'une réflexion assénée dans une fausse innocence mielleuse. Pour atteindre à la perfidie, il faut littéralement percer votre bonne foi, jouer dans le registre d'une perversion qui vous prendra de court, ridiculisé dans la posture du naïf consentant. L'image du serpent s'installe, avec sa séduction traîtresse, peut-être seulement à la pensée informulée de la langue bifide.

C'est d'autant plus détestable que cela reste dans le code hypocrite d'un échange soutenu, d'une politesse maniérée, presque précieuse. Le *per* vous traverse, et le *f* vous crucifie. À la flèche assassine de la perfidie, on préfère cent fois l'aveu massif d'une bonne vacherie !

Samovar

Ce mot seul, et le décor est planté. On est au dix-neuvième, dans un roman russe, avec de temps en temps en bas de page la note *en français dans le texte* qui nous flatte et fait de nous des familiers. Dehors la neige, le poêle ronfle, mais le vrai cœur de la maison contourné, c'est le samovar, sophistiqué, excessif, incontournable. On boit du thé bien sûr, il y a de longs silences, une atmosphère possiblement confortable, amis on le sait bien. Des vérités farouches vont se dire, une dramatisation fiévreuse va focaliser l'intérêt du récit sur les personnages, qui préfèrent dire du mal d'eux-mêmes que de n'en point parler.

En même temps, c'est comme dans les récits d'Agatha Christie où l'auteur, obsédée par la mécanique du crime, ne décrit pas le cadre, mais le lecteur le voit. Dans les romans russes, on s'invente un samovar. Le mot lui-même, dans son mystère impénétrable, semble une métaphore de ce bouillonnement des âmes slaves qui nous attirent et nous échappent. C'est le contraire du thé anglais : pas d'heure, pas de pudeur cérémonieuse. On brûle sans vergogne à l'infini.

Mémoire

La moire a des reflets changeants, des chatoiements, des zones d'ombre. La mémoire est-elle de la même étoffe ? Le mot fait un peu peur, depuis qu'on parle de la perdre, et que cette façon de disparaître dans la vie avant de la quitter nous semble le comble de l'injustice et de la précarité. Nager dans une eau sombre, avec des mouvements appris qui ne semblent pas adaptés, se noyer jour après jour dans une fluidité insaisissable.

On n'écrit plus ses mémoires. Au pluriel, cela paraissait à la fois légitime et légèrement pontifiant, comme si l'on s'appuyait sur le socle solide d'une vie décantée par la lucidité de l'âge. Comme c'est loin !

Craindre aujourd'hui la disparition de la mémoire, c'est lui donner aussi davantage de prix. Il reste les archives, il y a le disque dur. Et la mémoire cependant se fait de plus en plus inquiète, fragile, solitaire. D'une personne très âgée perdant la tête on disait autrefois qu'elle retombait en enfance. Ce n'était pas si grave. Assez tentant peut-être. Mais aujourd'hui, c'est comme si l'on avait créé soi-même l'océan vertigineux où l'on peut s'enfoncer.

Bleu

Le ciel parfois le propose en certitude. Mais le mot reste flou, et comme à la recherche d'autre chose. Bleu. La première consonne suscite ce délicieux bredouillement des gens qui doutent, « des gens qui trop écoutent leur cœur se balancer », comme le chante Anne Sylvestre. Puis la liquidité du *l* promet une recherche ondoyante, peu sûre de son propre sens. La fin reste dans l'informulé, la nuance délicate, le trouble.

Bleu, c'est un mot pour nommer les choses de l'autre côté, au fond des mers, au fond du ciel, ou sur d'autres planètes.

Bleu, c'est quand la ville penche vers le soir, allume ses lumières en faisant naître ainsi un moment impalpable, une chance adolescente de tout suspendre, de retrouver tous les possibles en contre-point de l'arrêt au feu rouge. Éluard avait raison.

C'est tout ce que l'on sent sous l'écorce des apparences. La terre est bleue comme une orange.

Café

Café ? Oui, je veux bien. Ou bien non, j'en ai déjà pris trois ce matin, merci. Mais c'est un mot de passe. On appartient à la même civilisation.

Le pouvoir du café, c'est aussi cette presque indifférence surjouée avec laquelle on va le consommer, en parlant déjà, pris par le sujet. Non, pas de sucre. Presque plus jamais de sucre. C'est dans le code aussi. Maigret touillait lentement avec une cuillère au moins deux sucres, sur le zinc. Ça faisait partie de l'enquête. À présent le serré, l'amertume, et juste ce petit moment d'arrêt de la tasse blanche au bord des lèvres. Cette façon de ne rien prendre en prenant quelque chose, c'est une politesse que l'on se doit. En deçà de la convivialité. On n'est pas ensemble, mais on est avec. Avec le monde, avec le jour, et quand même un peu avec l'autre, aussi.

Ca-fé. Les deux syllabes sonnent clair et sec, passent au-dessus de la rumeur, même dans les bistros les plus bruyants. Dans les cafés. On boit un café dans un café. On joue sa vie dans la vie.

Enfance

Comme il poigne loin, à l'intérieur, au plus profond, comme il s'enfonce ! On y échappe seulement quand on le vit. C'est un mot pour après, pour nommer ce qu'on a perdu. C'est trop fort, ce monde où l'on ne se séparait pas du monde, où l'on devenait tout, sensations, sentiments, couleurs, chagrin, bonheur. Après, il y a comme une estimation objective : « Moi, tu sais, l'enfance… » avec la petite mine dégoûtée. Comme si c'était pour ça qu'on ne voulait pas se retourner. Mais non. À tout prendre, les enfances malheureuses ou médiocres sont celles où l'on peut le plus revenir, pour la satisfaction de leur avoir échappé.

Les autres sont insupportables. C'est comme passer la main sur une flamme en sachant bien que l'on sera brûlé. Mais justement. C'est tout le prix de ce mot-là qui fait semblant de nous appartenir et nous dépasse. « L'enfant, cet homme en devenir », disent les politiques. Les petits hommes boursouflés qui ne sauront jamais qu'ils ont perdu.

Crépusculoroyos

C'était dans une poésie, tout au début de l'école, au cours préparatoire. Ça devait parler de nature, dans un registre hugolien. Je n'ai rien gardé que ce mot, qui changeait tout, comme si le texte entier n'avait été écrit que pour lui. Crépusculoroyos. Quelle opulence ! De couleur : peut-être s'agissait-il d'oiseaux exotiques aux crêtes rouges, aux ailes bleues ? Mais il y avait l'idée de l'or aussi, un trésor caché loin, au fond d'une grotte, en Afrique. L'ampleur des six syllabes, le craquement initial suivi d'une avalanche vocalique ronde autorisait tous les privilèges de l'imagination la plus chaude et la plus informulée. Pas pressé de découvrir quelques mois plus tard qu'il fallait entendre crépuscules royaux, une bien fade réduction partageable d'un concept infiniment plus luxuriant dont j'étais le seul propriétaire, comme Colette avec son petit escargot nommé Presbytère. Plus tard, bien bien après l'enfance, on parle avec des mots des mots qui dépassaient les mots.

Allégresse

Ça ne jaillit pas vers les hauteurs oxygénées, comme la joie. Ça n'interroge pas le cours de la vie, comme le bonheur. Mais c'est un joli mot, léger, qui déploie le corps et l'esprit dans un assentiment au monde. On n'attend rien de plus, simplement de goûter comme jamais la fraîcheur du petit matin. À bicyclette, c'est bien pour ça, quand la ville dort encore, le pédalage peut traduire cette rondeur inattendue, parfaite. Des pas de danse dans la tête, on n'a aucune raison de faire fête, et c'est ça, l'allégresse. S'étonner d'être bien, et puis s'abandonner. On a des ailes, et quand même ça dure un peu dans le presque grave, avant de se dissoudre sans regret. Ça vous tombe dessus puis ça s'en va, ça reviendra par hasard sans qu'on sache pourquoi.

C'est un des rares sentiments qui ne génère aucune angoisse, aucun désir de possession, aucun regret. Ça vous pénètre et ça ne vous appartient pas. Un mélange de sensations ? Mais non, c'est beaucoup plus profond que ça, et plus insaisissable. On n'aura pas la clé. Il faut se laisser faire.

Saltimbanque

Celui qui saute sur le banc. On imagine aussitôt une place pavée au Moyen Âge, des tire-laine, des marmots barbouillés de boue, des nourrices goguenardes, mains sur les hanches, le verbe haut. Le saltimbanque n'a pas besoin d'apprêt. Un seul banc lui suffit pour faire admirer sa souplesse, sa minceur, sa détente. Il marche sur les mains jusqu'au bout de son outil, au risque de se rompre les os ; il a gagné quand il a fait passer une onde de frayeur sur l'assistance. On lui jette une pomme, un sou, qu'il ramasse en saluant, sans que l'on sache trop s'il sourit ou grimace, puis il rend le banc à l'aubergiste, et s'éloigne.

La solitude pauvre et la légèreté sont restées dans le mot, quand même on aurait oublié son origine. Saltimbanque. Il y a l'idée d'une provocation. Le saltimbanque est admirable et un peu louche, vit de bric et de broc, et fait un pied de nez à nos engoncements trop raisonnables. Il prend des risques, le corps libre, et la tête bien plus. Son spectacle nous divertit, mais lui, il nous inquiète.

Suffragette

Elles voulaient voter, les effrontées ! C'est un homme sûrement qui a inventé ce mot, avec la condescendance narquoise que l'on pouvait avoir pour les luttes féminines, au début du vingtième. La temps qui passe n'est pas tendre avec le machisme. Ainsi Molière mettait-il en son temps les rieurs de son côté, mais les femmes savantes sont beaucoup moins ridicules que Chrysale, qui vit de bonne soupe et non de beau langage, et hors un gros Plutarque à mettre ses rabats voudrait brûler « tout ce meuble inutile » – les livres.

Ainsi dans *suffragette* le suffixe réducteur a-t-il changé. Aujourd'hui, il résonne pour souligner une attitude têtue, courageuse, d'autant plus opportune qu'elle se heurte au conservatisme des hommes à gros bedon, chaîne de montre et rire apoplectique. Ce n'est que justice, et retour pas volé à l'envoyeur. La suffragette emporte désormais tous nos suffrages.

Javanaise

Le dandysme de Serge Gainsbourg a réussi là son coup le plus chic. Une danse que tout le monde n'appelait plus que java. Les deux syllabes avaient complètement perdu leur origine indonésienne et sonnaient seulement ouvriers en goguette, casquette de travers, petits marlous, les mains sur les fesses de filles pas farouches aux jupes serrées, déhanchements fébriles sur les reprises canailles de l'accordéon.

Et voilà que Gainsbourg nous donne une javanaise qui retrouve le vrai nom de la java, mais n'a plus rien à voir avec elle. La mélodie de la chanson, si nostalgique, d'un chromatisme infiniment subtil sur la scansion du mot, précédé d'un subjonctif précieux : « ne vous déplaise, en dansant la javanaise… » Tout au long des paroles, ce jeu sur le javanais, langue cachée d'un argot pour initié : « j'avoue j'en ai bavé pas vous… » On est bien à Paris, mais le mot javanaise n'est plus qu'en apparence le nom d'une danse. Seulement celui d'une relation furtive, voluptueuse et désenchantée. Le nom peut-être aussi d'une femme mystérieuse, une Kiki de Montparnasse inaccessible, évanouie par avance dans les volutes de fumée.

Fragile

À la fois pessimiste et optimiste. Pessimiste, il livre d'emblée la possibilité, voire l'annonce d'une cassure, d'une fracture. La demi-consonne centrale en atténue légèrement le choc, mais la dernière syllabe souligne en paraphe diaphane la délicatesse et peut-être déjà l'idée d'une possible meurtrissure.

Mais optimiste aussi. Ce qui est fragile n'est pas encore cassé. Une abondance de précautions s'impose, mais suffira peut-être à préserver ce qui semble si menacé. Savoir que les choses, les sentiments, les êtres mêmes sont fragiles ne suffit certes pas à les protéger. Mais la conscience de leur fragilité leur donne tout leur prix, en menaçant de leur disparition. Fragile. Une façon mélancolique et fine de dissiper le mauvais sort en l'invoquant.

Presqu'île

Une belle idée. La métaphore d'une vie réussie. Être une presqu'île. Se suffire, avoir son univers, sa liberté, sa solitude, mais sans couper les ponts, sans renoncer au monde. Une langue de terre vous relie aux autres. Ils peuvent l'emprunter pour venir vous voir tel que vous êtes, ou bien c'est vous qui revenez vers eux quand ça vous chante, dans une parenthèse nécessaire et limitée.

Le presque semble modeste. Un adverbe minorant : une presqu'île serait a priori un peu moins qu'une île, un peu moins de caractère, de personnalité, de sauvagerie bien sûr. Mais il ne faut pas s'y fier. Le presque donne aussi au mot un bel équilibre, une longueur, une élégance. La presqu'île ne surjoue pas, elle reste à portée. Mais elle est tellement sûre d'être ce qu'elle est qu'elle n'a pas besoin de déclaration d'indépendance.

Julien Gracq a titré *La Presqu'île* le plus beau de ses recueils de nouvelles. Tout y est dans l'attente, le secret ; on reste au bord des choses, à deux pas de l'ailleurs, et tout paraît pourtant si familier. Le véritable écart ne détruit pas la route, ni la trace des pas. C'est la presqu'île.

Sybarite

L'épicurien est un moraliste. Il a soupesé les enjeux, et décidé que le plaisir s'imposait rationnellement comme le but ultime de l'existence. De la gastronomie à l'amour, à l'amitié, à la culture, il module les ingrédients, diffère les excès pour jouir en pleine conscience maîtrisée. Rien de tous ces raffinements intellectuels chez le sybarite. Le sybarite est un baba au rhum : il macère en toute volupté, spongieux, béat, ravi. Le présent n'est pas pour lui un refus délibéré du passé, du futur, mais une évidence : chaque instant est une ivresse.

Sybarite : le mot lui-même traduit ce délectable assoupissement de la conscience. Il commence comme *sommeil*, ou *sieste*, et n'imagine même pas que ce pourrait être *souci*. Pour le sybarite, les êtres qui *can get no satisfaction* sont un mystère impénétrable. Gorgé de bonheurs faciles, il ne s'inquiète ni de cholestérol ni de triglycérides. À quoi bon formuler le concept d'infarctus, puisqu'on peut vivre ou disparaître à la seconde ? C'est tout comme. Le sybarite n'a qu'un seul défaut : il n'existe pas.

Parabole

L'équilibre des sonorités épouse rondement les contours de la courbe géométrique. Un mot comme en sommeil, et cependant… Deux acceptions bien différentes et secrètement mêlées lui donnent son mystère. La parabole des talents. La parabole des ouvriers de la onzième heure, celle du bon Samaritain… Religieuse, la parabole est chargée d'un enseignement implicite. Elle lie un récit clair et simple, un peu comme une fable, à une proposition d'interprétation subtile, capable de susciter la controverse à l'infini.

Quel rapport avec les paraboles installées au petit bonheur sur les barres d'immeubles, les villas de toutes sortes, dans l'urgence d'appeler d'autres ondes, bien plus d'informations, de fictions, mais davantage encore de jeux ou de téléréalité ? Dans un cas le minimalisme d'une parole à enrichir infiniment de soi, de l'autre l'abondance d'un torrent d'images où se dissoudre. Et pourtant… Dans cet écart majeur, il n'y a pas de décadence : simplement les deux visages d'une soif. L'homme est si difficile à décrypter. Il n'y a pas de vérité. Rien que des paraboles.

Toile

C'est le sens d'aujourd'hui qui est fort. Il garde l'inconsciente proximité de la voile, de l'étoile, pour proposer un voyage infini, ou l'idée d'un voyage infini, ce qui revient au même. On cherche sur la toile, on trouve sur la toile. Cette pièce de tissu mentale a pour essence le maillage, l'imperceptible lien. Les choses sont la promesse d'un fil à fil qui mènera à d'autres choses, par écho, vibration, transmission, par envie, presque par amitié. On n'est pas solitaire devant un écran dur, mais ensemble sur la toile. Une fontaine de jouvence pour les plus âgés, qui avaient renoncé au désir de chercher. Pour ceux qui n'ont pas trouvé, c'est plus fort que la convivialité. Ils boivent des coups ensemble, debout, en parlant fort, devant des cafés où l'émulsion sociale se doit d'être positive ou exaltée. Puis ils rentrent chez eux et l'essentiel est là, tout au creux de la nuit, sur la toile. Et l'araignée du temps tisse son fil en transparence. On est peut-être *dans* la toile.

Ravigote

La ravigote, ça ravigote quoi ? Des viandes un peu caoutchouteuses, atones, comme la langue de bœuf, ou des légumes amers, comme les asperges. Des choses que l'on aurait beaucoup de mal à apprécier s'il n'y avait cette petite vinaigrette additionnée de fines herbes, de câpres et d'échalotes. Alors cela devient allègre, délicieux, un peu piquant et vif. C'est comme le brandy butter pour le Christmas pudding, le coulis de framboise avec le gâteau au yaourt. L'accompagnement qui emporte la décision, change l'essence du plat, mine de rien. Dans le cas de la ravigote, les herbes et l'échalote ont fait l'objet d'un hachage dynamique, lui aussi, bien dans le ton des câpres acides. Le mot sonne tellement français, vivifiant, culinaire sans prétention…

La sauce ravigote, c'est un peu comme la serviette rêche : on bouchonne les épaules et le dos de l'enfant qui sort du bain de mer transi, les lèvres bleues. Ça fouette le sang, ça fait du bien, ça ravigote.

Contentieux

Quel repoussoir, celui-ci ! Je le salue, car il donne par contraste un charme supplémentaire à tous les mots que j'aime. Contentieux ! En le prononçant, on n'en finit pas d'allonger le museau dans une moue pincée, comme ces actrices abonnées aux rôles de vieilles filles acariâtres, suspectant le mal dans tous les recoins d'escalier.

Je l'ai entendu dans la bouche d'un de mes camarades de terminale, en 1969. Le prof de philo nous avait demandé ce que nous voulions faire plus tard. Trente-sept garçons du lycée

Marcel-Roby de Saint-Germain-en-Laye intimidés d'avoir à se dévoiler devant les autres. Beaucoup avaient répondu qu'ils ne savaient pas. Difficile de dire que nos projets étaient plus amoureux ou révolutionnaires que professionnels. Un bellâtre macho avait quand même concédé qu'il souhaitait devenir professeur de tennis. Et puis un petit maigrichon tout pâle avait susurré : « Je voudrais entrer dans le contentieux ! » suscitant des sourires narquois, des regards incrédules. « Entrer dans le contentieux ! » Sans trop savoir ce que cela recouvrait, nous sentions que cela signifiait à peu près entrer dans un tombeau, renoncer à la vie avant de l'avoir commencée. Un conseil d'oncle ou de père sans doute, pas plus bête qu'un autre. Mais quand même.

Contentieux ! Je voyais un costard mortifère, avec l'hiver une petite laine, des bureaux poussiéreux, des circulaires aseptisées, des mises en garde sur papier timbré. Tout cela deviné dans la fermeture de ces trois syllabes méfiantes, sans aucun air, étiolées et grincheuses. Mes projets professionnels se précisaient d'un seul coup. Tout, mais pas le contentieux !

Saudade

C'est grâce aux chanteurs de bossa nova brésiliens, aux chanteuses de fado portugaises : chantée, la langue lusitanienne a des inflexions envoûtantes, un mélange de douceur et d'énergie qui nous convie d'emblée au partage des états d'âme. La souplesse acidulée des *j*, des *z* précédant le détachement esquissé des diphtongues a ce pouvoir de suggérer à la fois la volupté et la mélancolie. Il y a un plaisir particulier à voir figurer dans un dictionnaire de langue française le mot saudade, prononcé de notre mieux à la portugaise, car il exprime une intériorité ressentie comme tellement subtile que nous ne saurions l'aplatir avec le *sau* de saumure. La saudade n'est pas confite dans sa déréliction. Née de l'idée de solitude, elle en exprime à la fois la tristesse et la satisfaction, le sentiment de vivre un peu plus fort en approchant la nostalgie, dans un velours de brume.

Bonheur

S'il n'y avait qu'un mot, ce serait celui-ci. Bonheur, ce luxe douloureux, ce beau souci. Pendant des siècles et des siècles, les hommes en ont fait l'économie. Ils chassaient seulement la joie ou le plaisir, résignés à n'espérer une satisfaction durable qu'au-delà de cette vallée de larmes appelée la vie. Et puis ils ont commencé à vouloir s'accomplir sur la terre, alors est née l'idée, alors est né le mot. Bonheur. Un mot très sourd. Le *b* comme un début de bulle, comme un désir d'envol. Mais la seconde syllabe dure dans le feutré profond semble épouser l'horizontalité à peine courbe de la planète.

Bonheur. Beaucoup prétendent n'y pas croire, et le conjuguent seulement au passé inconscient, au futur impossible. Le monde nous envoie sans cesse les pires nouvelles du monde, mais nous ne sommes pas dupes : tout ce pessimisme n'aurait pas de sens s'il n'y avait la certitude qu'autre chose est possible. S'il n'y avait l'obsession qu'autre chose nous mène, qui dépasse de beaucoup la zénitude, la paix, l'équilibre ou l'harmonie. Un quelque chose si discret, presque impossible à dire, et qui trouve pour se nommer un mot si retenu, dont l'écho grave se prolonge à tout jamais. Bonheur.

Charme

Une seule syllabe, mais il paraît beaucoup plus long. Le *r* est complètement adouci dans l'affable chuintement de *cha*, puis la résonance soutenue d'un *m* féminisé par une voyelle à peine prononcée, mais si paisiblement mystérieuse. C'est bien, les mots qui s'amenuisent, perdent au fil des siècles leur violence originelle. Il y a bien longtemps, on jetait un charme, une malédiction, un sortilège d'où pouvait seul vous arracher le pouvoir d'un demi-dieu ou d'une fée. Quelque chose de cette intensité demeure dans le charme que l'on trouve à une femme, à un homme, un pouvoir de séduction qui ne s'explique pas, et se rattache inconsciemment aux sorts mythologiques, aux élixirs médiévaux.

Le charme est devenu encore plus petit parfois, vendre ses charmes, la lingerie de charme. Pas désagréable après tout de se dire que dans l'érotisme le plus léger demeure la trace d'une gravité fatale. Les mots gardent en secret les sens qu'ils ont perdus. Pour peu qu'on sache lire ils ne sont pas de bois. Le spectre reste entier. Le charme d'aujourd'hui se porte comme un charme.

Orgeat

Un verre d'eau fraîche et de sirop d'orgeat. Le goût est incroyable. Il réveille aussitôt une sensation familière. Oui ! Ces petits pots ronds de colle d'amande, avec le bâtonnet préservé dans une partie évidée. Pas très pratique : une colle un peu grumeleuse, épaisse, mais le cérémonial était si délicieux, à cause de l'odeur surtout. Et voilà qu'on a l'impression soudaine de boire de la colle ! Pourquoi l'orgeat sent-il la colle ? Et comment peut-il être aussi agréable de boire de la colle ? Pendant longtemps, on ne pose pas la question. C'est un petit mystère de l'été : dans cette opacité blanchâtre dort un secret d'écolier.

Et puis, quand même, on finit par apprendre. Avant, on fabriquait l'orgeat avec de l'orge seulement, mais on y mêle désormais du lait d'amande, et de l'eau de fleur d'oranger. Fleur d'oranger : le mot coule si bien avec la douceur de l'orgeat. Quant au parfum de lait d'amande, c'est lui qui reste le plus fort. C'est si désaltérant, à l'ombre du noyer. Orgeat, oranger, sucre d'orge… Même avec beaucoup d'eau, l'enfance c'est sucré.

Espérance

« Si c'est oui c'est de l'espérance
Si c'est non c'est de la souffrance… »

Voilà ce que chantait la ronde de mon enfance. Comme si l'espérance était l'inverse de la souffrance ! Il s'agissait d'amour, mais, même en amour, c'est bien plus compliqué. L'espérance est la plus sibylline des souffrances, celle qui met à nu, soudain. On ne peut plus se cacher sous les manteaux confortables de la résignation, du pessimisme, ni même du ronchonnement. Avec l'espérance, le monde est clair et traversé. Alors il faut attendre, et c'est si douloureux. On ne dépend plus de soi. C'est l'espérance qui est restée en équilibre sur la boîte de Pandore. Non pas pour consoler les hommes, mais pour leur faire avouer leur désir d'être là, leur besoin d'être heureux.

Espérance. Trois syllabes que l'on détache ; chacune pèse d'un vrai poids. La dernière se prolonge dans le sombre d'un sous-bois. Il y a un cercle de lumière au bout de l'allée cavalière. Est-ce une chance, de l'apercevoir ? Bien sûr, et cependant peut-être pas. Mais le cœur bat plus fort, et tout est là.

Échapper

Un mot qui resta longtemps abstrait pour moi, avant de prendre un visage : celui de M. Louis, vénérable professeur d'ancien français à la faculté de Nanterre, au début des années 70. Un homme âgé, en tout cas me paraissant tel à l'époque. Beau visage, cheveux blancs, toujours accompagné par une étudiante qui l'aidait, car il était aveugle. Il y avait une qualité particulière de silence dans la salle de cours quand il se lançait dans l'étymologie. Tout à coup les mots faisaient image, prenaient corps, racontaient une histoire.

Ainsi pour échapper… L'image d'un malandrin qui, sur le point d'être saisi, trouve ce subterfuge d'abandonner sa cape aux mains de ses poursuivants, et, très littéralement, s'échappe. Les mots ne sont pas les mots. Il y a mille et une manières de les posséder. M. Louis ne nous faisait pas de morale. Mais sa ferveur nous disait clairement que nos mots étaient pauvres, et que la science qui les enrichit est le sel de la vie.

Table des mots

RÉALISATION : NORD COMPO À VILLENEUVE-D'ASCQ
IMPRESSION : CPI BRODARD ET TAUPIN À LA FLÈCHE
DÉPÔT LÉGAL : OCTOBRE 2011. N° 105762 (65199)
Imprimé en France

Envie de prolonger le plaisir ?
Découvrez les autres titres
de la collection « Le Goût des mots »

Le français dans tous les sens
Grandes et petites histoires de notre langue

Henriette Walter
Grand Prix de l'Académie française

Qui connaît l'origine du mot bureau ? La bure, étoffe grossière protégeant un meuble, a vécu bien des aventures avant de devenir un espace de travail…
La langue française, réputée si formelle, recèle d'innombrables histoires méconnues, parfois rocambolesques, souvent inattendues, toujours riches d'enseignement.
Du français des Canadiens à celui des Belges, sans oublier le passage à la postérité du comte de Sandwich, Henriette Walter, professeur émérite de linguistique, décortique amoureusement les subtilités de notre langue bien-aimée.

99 mots et expressions à foutre à la poubelle

Jean-Loup Chiflet

Illustrations de Pascal Le Brun

Certains, et non des moindres, pensent à juste titre qu'il faut voler au secours des mots et expressions frappés par la limite d'âge, avant qu'ils ne sombrent dans l'oubli le plus total. Riche idée ! D'autres comme Jean-Loup Chiflet suggèrent à leur tour d'ouvrir la chasse aux mots flous et vagues, creux et inutiles, qui polluent, qui irritent, bref, qui agacent notre langue au quotidien !

Il s'inscrit donc en faux contre ce n'importe quoi qui le gave grave, si vous voyez ce qu'il veut dire, mais il juge personnellement qu'il existe au jour d'aujourd'hui un consensus franco-français au niveau de cette dangerosité. Voilà. C'est clair ? Y a pas de soucis ? Alors, bon courage ! À plus ! Et bonne fin de journée !

Brèves de philo

La sagesse secrète des phrases toutes faites

Laurence Devillairs

« Le temps guérit de tout », « L'erreur est humaine », « Personne n'est irremplaçable ». Elles sont nombreuses, ces phrases toutes faites et passe-partout qu'on prononce sans y penser. Laurence Devillairs démontre avec humour que ces formules de sagesse populaire recèlent souvent de véritables leçons de philosophie. Vous croyez farouchement que « Quand on veut on peut » ? Vous êtes stoïcien ! Le proverbe « L'argent ne fait pas le bonheur » vous fait bondir ? Vous partagez l'opinion d'Aristote pour qui « le bonheur ne saurait se passer de biens extérieurs »... Serions-nous donc philosophes sans le savoir ?

Les expressions de nos grand-mères

Marianne Tillier

Tout le monde connaît l'expression « En voiture Simone ! »... Mais saviez-vous que la formule complète est « En voiture Simone, c'est moi qui conduis, c'est toi qui klaxonnes ! » ? On la doit à l'engouement suscité par Simone-Louise de Pinet de Borde, une des premières femmes à avoir participé à des rallyes automobiles !

Rhabiller les gamins, se faire chanter Ramona, manger à s'en faire péter la sous-ventrière, s'en jeter un derrière la cravate, avoir les yeux bordés d'anchois, ne pas attacher son chien avec des saucisses...

Entendues dans la bouche de nos grands-mères, ces expressions imagées et délicieusement drôles, au parfum de nostalgie, nous rappellent combien le français est une langue vivante et inventive.

Retrouvez leur histoire dans ce dictionnaire facétieux, nourri de références étymologiques, de citations étonnantes et d'anecdotes savoureuses.

Le Baleinié
Le dictionnaire des tracas

Christine Murillo, Jean-Claude Legay et Grégoire Œstermann

Offrir un cadeau avec le prix resté dessus, répondre au dentiste quand il a ses doigts dans votre bouche, sortir souriant mais effondré de chez le coiffeur… Tous ces tracas sont universels et pourtant il n'existe pas de mots pour les nommer. Ce dictionnaire propose 454 néologismes pour enfin rire de ces soucis.

Comment parler le belge
Et le comprendre
(ce qui est moins simple)

Philippe Genion

Rire : verbe fondamental de la langue et de l'attitude belge (prononcez *bèlchhh*). Et ne sont pas les occasions de plaisanter (de soi et des autres) qui manquent en Belgique.

Il y a Magritte, « peintre belge, grand amateur de pipes », des plats improbables comme le *poulycroc* (sorte de poulet reconstitué) et des expressions d'une truculence insoupçonnée. Français de France, savez-vous que *raclapoter* signifie « rafistoler » ? Qu'un enfant *cucuche* est tout simplement crasseux ? Et qu'à Bruxelles, on dit *non, peut-être* pour « oui, sûrement » ? Ne vous y trompez pas : n'est pas belge qui veut !

Les rillettes de Proust
ou 50 conseils pour devenir écrivain

Thierry Maugenest

« Si l'inspiration se fait désirer, ne l'attendez pas. Allez dans votre bibliothèque et copiez les premiers mots des romans de votre choix [...]. L'inspiration n'est toujours pas au rendez-vous ? Retournez dans votre bibliothèque, et copiez cette fois la dernière phrase des romans de votre choix. »

De bon conseil, ce réjouissant manuel fera peut-être de vous le « grantécrivain » que le siècle attend. Vous y apprendrez à dénicher un bon titre de roman, à choisir un pseudonyme lorsque votre nom est imprononçable et à trouver l'inspiration grâce à vos illustres aînés.

Bouche bée, tout ouïe...
ou comment tomber amoureux des langues

Alex Taylor

« Les Kuuk Thaayorre sont une communauté aborigène au nord de l'Australie. Leur langue ne dispose pas de mots pour droite, gauche, en avant, en arrière. Les Kuuk ne s'intéressent qu'aux points cardinaux : ils donnent l'impression d'avoir une boussole dans la tête. "L'assiette est au sud de votre bras et la crème chantilly est au nord-ouest de votre gâteau !" On croit perdre le nord. »

Polyglotte éminent, Alex Taylor s'amuse à décrypter quiproquos cocasses et autres facéties des langues du monde entier avec son humour so british. Prêtons l'oreille et restons bouche bée face aux trésors de drôlerie et d'inventivité cachés dans les us et coutumes linguistiques sur toute la planète.